LES
APPELLANS
DE
L'AUTRE MONDE.

LES APPELLANS

DE

L'AUTRE MONDE.

CERTAINE nuit où j'étois revaffant,
Et dans mon chef cent chofes repaffant,
Il me parût que fortoit de mon aftre,
Je ne fçai quoi d'une couleur bleuâtre ;
Etonnement ne fut pareil au mien !　　　　　5
M'étant armé du figne du Chrétien,
Sur cet objet j'ofai fixer la vûe,
Et j'apperçus une tête cornue,
Pieds de griffon, ventre, barbe de bouc,
Et longue queue, oh ! dis-je ; pour le coup,　　10
C'eft quelque diable ; ici que vient-il faire ?
Je n'ai, ce femble, avec lui nulle affaire :
Allons courage, & ne nous troublons pas ;
Interrogeons, Meffire Satanas.
A l'afpect donc de la bête infernale,　　　　15
Pour m'enhardir, je pris de l'eau luftrale,
Et lui criai ; que cherche-tu méchant,
Suis-je des tiens ; non, dit-il, fur le champ ;
Sans y penfer j'ai fait cette méprife,
Je cherche à faire une meilleure prife ;　　　20
Gueux comme toi ne font de mon gibier,
Je vais happer certain vieux Financier,
Pendant qu'il dort, ici près il demeure,
Comme on m'a dit. Ah ! dis-je, à la bonne heure,
Eh bien, dis-moi ; tout, va-t'il bien là-bas ?　　25

Pas trop, dit-il ; pour moi j'en suis si las ,
Que je voudrois … ah ! conte-moi la chose ,
Pendant qu'ici tu feras quelque pause ;
Je le veux bien. Jamais , dit mon cornu ,
30 Semblable cas chez nous n'est avenu.
Or donc tu sçais , qu'il arriva n'a guerre,
Dans la Sicile un tremblement de terre ,
Que produisoit par sous-terrains canaux
Le mont Ehtna, l'un de nos soupiraux ;
35 Tu sçais aussi , que Palerme en partie
Fut de ce choc abimée, engloutie.
Entre autre donc, dans le gouffre profond
fut entraîné , suivi de tout son fond ,
Certain Libraire , écrits & paperasses,
40 Tout vint chez nous au travers des crevasses ;
On vit voler , volumes gros , petits ,
Où l'on traitoit des péchés ou délits
Où tombe l'homme en sa traite mortelle.
Leurs noms étoient… Que je me les rappelle ?
Ah ! je les tiens ; c'étoient Sanchez, Bauny,
Busambahum , Escobar , Squilanty,
Caramuel-Sa , Lessius, Garasse ,
Et cœterà , tous gens de même race.
Or tu sçauras qu'en ce jour tout l'Enfer.
50 Etoit en paix, l'ordonnant Lucifer ;
Ne sçait pourquoi , non plus pour quelle fête ,
Nos damnés donc , voyant dessus leur tête
Dégringoler ces différens écrits,
Se mirent tous en faisant de grands cris,
55 A s'en saisir. L'un attrape taverne ,
Et va le lire en un coin de l'averne ;
L'autre vasqués ; celui-ci Tambourin ,
Et celui-là le Clerc de Francolin.
Voilà nos gens cherchant la solitude ,
60 Et s'enfonçant jusqu'au col dans l'étude ;

Les euſſiez pris à leurs ſombres maintiens,
Pour un troupeau de Docteurs carcaſſiens,
Cherchant entr'eux une adroite formule,
Pour recevoir une mauvaiſe Bulle.
Quand nos gens donc eurent bien feuilletés   65
Tout à loiſir ſomme, livres, traités;
De tout côté, dans le vaſte tartare,
On entendit un affreux tintamare,
Chacun criant, quoi! nous traiter ainſi,
Comme vauriens nous retenir ici!   70
Et violer tout droit, toute juſtice,
Envers des gens qui n'ont le moindre vice!
Oh! pour le coup nous en aurons raiſon,
Ayant pour nous des Docteurs à foiſon,
Et dont un ſeul, dès qu'il paſſe pour grave,   75
De tout réproche, en un moment nous lave,
Pouvant d'un trait de probabilité,
Nous raſſurer par ſon authorité.
Les enfans même avec plaintes pareilles
Se lamentoient : le bruit vint aux oreilles   80
De Lucifer. Holà! gardes à moi,
Qu'eſt-ce, dit-il, on abuſe, je crois,
De ma bonté; je donne du relâche,
Et pour retour, on ſemble prendre attache,
De m'étourdir ; repondez Aſtarot   85
D'où vient ce bruit, parles-donc Me. Sot?
Helas! helas! Sire, repond le garde,
En s'appuyant deſſus ſa hallebarde ;
Penchant ſa tête & d'un air contriſté,
C'eſt fait de nous, l'Enfer eſt revolté ;   90
Tous les Damnés veulent ceſſer de l'être,
Refuſent tous de vous avoir pour maître,
Tout le mal vient d'un Libraire maudit,
Qui vint ici chargé de maints écrits,
Qui contenoient, je ne ſçai, quelle morale,   95

Qu'ont lû nos gens ; de-là le baccanale.
Examinons ceci, dit Lucifer ;
Ne jugeons point que nous n'ayons vû clair,
Le fait est nœuf ; & pour en bien connoître,
100   Que devant moi tous viennent comparoître.
Vous Vriel, notre Greffier en chef,
Ecrivez-moi d'un chacun le grief ;
Pour que je puisse à tête reposée,
Sur chacun d'eux déclarer ma pensée.
105   Chacun vient donc, & les Bénéficiers,

Les béné-Comme il convient, paroissent les premiers
ficiers. Tout ésoufflés, voiturant avec peine
L'énorme poids de leur vaste bedaine.
Un de la troupe, après s'être essuyé,
110   De maints griefs charge son plaidoyer,
Disant qu'à tort on le traite en veillaques,
En les prenant pour des Simoniaques,
N'ayant jamais pour le spirituel
Donné d'argent ; mais pour le temporel
115   Ou pour induire, en faisant cette offrande,
Le Collateur à donner sa prebande ;
Qu'ils n'ont commis partant aucun abus,
Au jugement du Sçavant Tanerus ;
Que la façon dont on les tarabuste,
120   Leur paroissant visiblement injuste,
Ils font appel au futur Sanedrin,
Pour en avoir un jugement plus sain.
Tous ceux enfin qui vinrent à la file,
Les grands En se plaignant, tinrent le même stile.
Seigneurs. Les gens aisés, les Princes & les Rois
125   Vinrent après, disant à haute voix
Que sans raison on les traite en coupables,
Pour n'avoir pas aidé les misérables ;
Vû que selon Vasquez qu'ils ont bien lû,
130   Jamais chez eux ne fut du superflu.

Eh ! dirent-ils comment veut-on qu'on faſſe
Pour ſurvenir à l'amour, à la chaſſe,
A mille jeux, plaiſirs & paſſe-temps,
A notre rang toujours ſi bien ſéants ?
Un Grand doit-il ainſi que le vulgaire   135
Se reſſentir de l'humaine miſere ?
Se refuſer, quoiqu'il puiſſe coûter,
Ce qui pourroit tant ſoit peu le tenter ?
Et ſeroit-il de ſa magnificence
De s'en priver, d'en plaindre la dépenſe ?   140
Non, non, eut-il chez lui tout le Perou,
On n'entrevoit ni comment, ni par où,
Il peut remplir le devoir de l'aumône,
Et c'eſt ainſi que ſagement raiſonne
Le grave Auteur que nous avons cité,   145
Qui vaut lui ſeul une Univerſité.

Enſuite vint la nation qui gruge ;   Les Juges.
Pour un Orateur elle avoit pris un Juge,
Qui ſe plaignit qu'avec bien peu d'égard
On le traitoit en dépit d'Eſcobar,   150
Selon lequel une injuſte ſentence
Peut avoir droit à quelque récompenſe.
Eh ! quoi, dit-il pour un pareil ſujet,
Sans reſpecter ni robbe ni bonnet,
Tout d'une voix ici l'on nous condamne ?   155
Non, non, ou bien Eſcobar n'eſt qu'un âne.
Notre état veut, dit cet homme de bien,
Que nous rendions la juſtice pour rien ;
Nous la devons, mais non pas l'injuſtice ;
Nous pouvions donc ſans aucun préjudice,   160
Ni ſans aller contre le droit des gens
Exiger, prendre & garder les préſens
Fais pour le gain d'une mauvaiſe cauſe ;
Et c'eſt ainſi que décident la choſe,
Dia, Binsfeld, Eſcobar, Leſſius,   165

Busambahum, Gobar, Filutius ;
Plusieurs enfin qu'on vante, qu'on estime
N'ont là-dessus qu'une voix unanime.
Comment morbleu ! dit un Noble en entrant ;

170   Pour un maraut je pense qu'on me prend,
De me couvrir ici d'ignominie,

Les No- Parce qu'un fat m'ayant fait avanie,
bles.   J'ai sur le champ en homme plein de cœur
Par son trépas reparé mon honneur ?

175   Non ; l'action est l'action d'un brave,
Et pour garand j'ai plus d'un Auteur grave.
Plusieurs milliers pour lui servir d'appui
En même temps se joignirent à lui,
De Lessius apportant main passage,

180   Et citant même & le livre & la page.
Comme ils parloient, des hommes tous perclus,

Les Meur- Tous disloqués, tous brisés, tous rompus
triers & les Poussant leur voix plaintive & lamentable
Assassins.   A leur état, tout-à-fait convenable

185   Crierent tous ; Ah ! Seigneur Lucifer,
Aurez-vous donc toujours un cœur de fer,
Reconnoissez enfin notre innocence :
Pour nous juger, reprenez la balance,
Quoi ! n'ayant eû que d'obligeans desseins,

190   On nous fera passer pour assassins ?
Pour être tel alors qu'on tue un homme,
Faut esperer que l'on recevra somme,
Présent, bienfait, gratification
Comme le prix de l'expédition,

195   Des soins qu'on prend & des pas qu'il faut faire :
De l'assassin, voilà le caractère :
Or, en ce rang pouvons-nous être mis
Nous qui voulions délivrer nos amis
D'un redoutable & puissant adversaire,

200   En prévenant son dessein sanguinaire ?

Et

Et se peut-il rien de plus généreux
Que d'entreprendre un coup si hasardeux
Sans intérêt? n'avions-nous pas pour guides
En le faisant vingt-quatre vieux druides,
Par Escobar, placés-en un monceau   205
Vison visu le thrône de l'agneau?
Vraïment dit un de la même cohorte,
Vit-on jamais maltraiter de la sorte,
Qu'ici l'on fait un bon Religieux,
Qui n'eut à cœur que l'intérêt des Cieux   210
Quoi! des méchans vilipendent notre ordre,
Et moi voulant reprimer ce désordre
Je m'enhardis; je prends un fer en main
Et m'en défaits en leur perçant le sein;
Et faut souffrir ici que l'on me grille   215,
Pour avoir fait semblable peccadille,
Lorsque m'absout le bon pere l'Aimant
En même temps que le docte Becan?
Sire, ce cas, dit aussitôt un autre,
Est ce me semble assez conforme au notre,   220
Et le voici; certains quidans malins
Contre ma vie ont des mauvais desseins,
Ils font si bien par leurs sourdes pratiques,
Que me voilà chargé de faits iniques;
Pour m'opprimer chacun donne ses soins ;   225
On gagne un Juge, on corrompt des témoins,
Pour la plûpart gens de sac & de corde :
J'ai beau crier, pas un seul qui demorde,
Et je me vois presqu'au fatal moment
Devoir finir mes jours honteusement.   230
Pour sauver donc mon honneur & ma vie
Que fais-je moi? je tue & j'expedie
Monsieur le Juge, & les témoins après,
Et sors par-là de cour & de procès;
Or revenons, quel Auteur donc nous guide   235

B

Pour appeller ce tour un homicide ?
Ce ne peut-être un Emmanuel-Sa,
Un Tanerus, ni même un Molina,
Car ces Docteurs dans leur sçavante glose

240 Sont tous pour moi, me donnent gain de cause;
Vous voyez donc que je n'ai pas grand tort
De déplorer ici mon triste sort.
Sur ce sujet, comme il alloit poursuivre

L'yvrogne. Tout trébuchant comparut un homme yvre

245 Oh ! çà, dit-il, Monsieur Lucifer,
Ne s'agit point de raisonner en l'air,
Car voyez-vous. . . . tenez je suis un homme
Qui n'ait jamais . . . & vous allez voir comme
Là... dites-moi. . . pour une bonne fois

250 Pourquoi me faire . . . ici griller les doigts
Pour avoir bû. . . a-t'on vû dans l'histoire
Qu'aucun mortel puisse vivre sans boire ?
Et parlant donc. . . faut... mais... je vous entends
M'allez d'abord. . . parler de quatre-temps

255 Puis de vigile. . . en après. . . de Carême
Qui nous décharne. . . & puis nous rend tous blême
Pour cela. . . Glu. . . j'ai fait mes. . . deux repas
Et puis c'est tout... hors qu'un peu... d'hippocras

260 Pris le matin... voire.... l'après dînée
Me soutenoit.... pour toute la journée :
Par-ci... par-là quelques... pintes de vin
Pour s'amuser. . . avec. . . notre voisin ;
Et là-dessus. . . que trouver à redire
Sur-tout après ce.... qu'on vient de me lire

265 Dans.. aidez-moi... toujours çà rime en... bas
Dans.. dans Barbar... non... foin.. dans Escobar
Reformez-donc un peu votre besogne.
Quand finira ce bélitre d'yvrogne,

La Coquête Dit une femme en entrant dans les rangs ?

Qu'il ait fini, j'attends depuis cent ans ;   270
J'ai tout au plus deux petits mots à dire ,
Pardonnez-moi si je me plains, beau Sire,
Je dirai donc (le tout en abregé)
Qu'ici le sèxe est bien peu menagé ;
Et tout cela pour cent badineries ,
Amusemens, discours, galanteries ,
Pour s'ajuster avec un peu trop d'art
Et s'être mis quelque blanc, quelque fard ;
Le grand malheur de rechercher à plaire !
Oüi je voudrois que ce fut à refaire ;   280
Que l'on m'y mette, & l'on verra beau jeu ;
Et sans scrupule ayant vu depuis peu
Enjoliver le portrait de Delphine ,
Qui par du rouge embelissant sa mine
Des Cherubins d'un éclat si vanté   285
Selon le Moine, effaçoit la beauté...
Ah ? c'est me faire un trop sanglant outrage ;
Je meritois un plus heureux partage.
Je pense avoir assez sagement fait
Pour m'embellir d'imiter trait pour trait   290
Ces composés & de tête & de plume
Que le bon Dieu de son esprit allume.
Voilà mon fait, l'entend sa Majesté ;
D'y refléchir elle aura la bonté.
Elle achevoit, lorsque dans l'assemblée   295
Vint se montrer une tête pêlée   L'Usurier.
Avec un corps qui n'avoit que la peau
Et dont les ans avoient fait un cerceau ,
Son œil hagard regardant à la ronde
Sembloit vouloir devorer tout le monde :   300
Tout annonçoit un infâme usurier
Sire, dit-il, je viens vous supplier
De vouloir bien reformer la sentence
Que contre moi, sans trop de connoissance,

305 On a porté ; quoi donc ! on ofera
Trouver mauvais le contrat *mohatra* ?
A ce feul mot on vit entrer en trance,
Demons, Damnés & toute l'affiftance ;
Même plus d'un de peur en tréfaillit
310 Et Lucifer en fon thrône en pallit.
Je voudrois bien, continua l'avare
Qu'on put trouver quelque fecret plus rare
Pour acquérir du bien plus aifément
En moins de temps & plus innocemment...
315 Innocemment ; oüi, oüi, je le repette,
Et j'ai pour moi plus d'un docte interprete,
Ainfi que font Hurtado, Fagundez
Auxquels joignez Leffius, Suarez :
Suivant tels gens, qui jamais fe devoye ?
320 Partant il faut que ma caufe on renvoye.
Allez bon-homme, on l'examinera
Dit Lucifer, qu'eft-ce que j'entends-là ?

Les Vo-
leurs.
Faites, dit-il, taire cette canaille ?
C'eft lui dit-on, un homme qui chamaille ;
325 Et qui voudroit affommer fon valet
Sire, dit l'homme, ouyez un peu le fait :
Ce coquin-là voudroit bien m'entreprendre
Et fa raifon, c'eft que je l'ai fait pendre
A tort, dit-il, après qu'il m'a volé...
330 Dites toujours ; quand vous aurez parlé,
Je parlerai, lui dit le domeftique.
J'ai fini, parle & voyons ta replique
Repond le maître. En un mot je l'ai fait.
Dit le garçon, pour gagner mon procès ;
335 Je n'avois pas chez vous affez de gages,
Vous me faifiez payer tous les dommages
Dont j'étois caufe & fouvent par hafard ;
Or donc trouvant quelque chofe à l'écart
Comme feroit argent, linge, fourchette,

Je l'enfermoit tout droit dans ma caſſette ; 340
Et tout cela pour me dédommager ;
On me ſurprit, il fallut dégorger ;
Et me fallut couvert d'ignominie
Par le gibet voir terminer ma vie ;
Eh ? du bon droit m'eut-on fait un deni, 345
Si la Juſtice eut jamais lû Bauny ?
En pareil cas c'eſt lui qui m'authoriſe,
Et le voíci ; ſi l'on veut, qu'on le liſe.
Mainte ſervante & maint autre valet,
Qui pour l'oüir avoient l'oreille au guet, 350
Coururent tous pour lire le paſſage,
Et l'ayant lu, chacun fit le tapage ;
Mais un tapage, un tapage de chien.
Comment, dit l'un, me traiter en vaurien !
Et moi dit l'autre, ai-je été mieux traité ? 355
Quoi m'être vû en plein marché fouetté ?
Ah ma ſœur Jeanne ? Ah Pierrot mon couſin !
Nous accuſer d'avoir fait un larcin,
Lorſqu'un Docteur, comment eſt qu'on le nōme ?
Bauny ? tout juſte, ah ? le ſaint, le brave homme ! 360
Chacun en dit de plus d'une façon,
Et Lucifer las de cette chanſon,
Et fatigué du tumulte du gouffre,
Sur ſes ergots s'éleve en jurant, ſouffre !
Qu'eſt-ce, dit-il, vous Diables & Demons, 365
N'avez-vous donc ni fourches ni fourchons
Pour endurer, même qu'en ma préſence,
Juſqu'à tel point, on trouble l'audiance ?
Et dans l'inſtant fourches d'aller, venir
Tant que chacun ſçut mieux ſe contenir. 370
Parut un homme auſſitôt ſur la ſçene, Le Fauſ-
D'un air aiſé, d'une leſte dégaine. ſaire.
D'ici, dit-il, je ne ſortirai pas ?
M'étant jadis tiré d'un mauvais pas

375   Par un ferment il eſt vrai d'une eſpéce,
Que ſçait forger un eſprit plein d'adreſſe,
Mais qui de faux ne peut être noté,
Etant toujours ſelon la vérité :
Si ſon Alteſſe a le temps de m'entendre,
380   En peu de mots je lui ferai comprendre
Quel eſt mon cas, & tout d'un tems comment
J'en ſuis ſorti, le voici nettement.
D'un mauvais coup certain quidam m'accuſe,
Sans m'ébranler, je repons qu'il s'abuſe ;
385   J'en fais ferment, toujours ſous entendant
Que ce n'eſt pas certain jour qu'il entend ;
Par ce détour je me tirai d'affaire.
Ici pourtant on me traite en fauſſaire ;
Moi le ſouffrir? je ne le puis, non jamais,
390   Et j'en appelle au pudique Sanchés,
Qui nour fournit cent innocentes feintes,
Pour prévenir les funeſtes atteintes
Qu'on peut donner à nos biens, à nos jours,
Par de mauvais & déteſtables tours.
395   Tenez voilà ſon plus ſçavant ouvrage ;
Voyez vous-même en liſant cette page,
Comment on peut pour ſortir d'embarras
Mentir tout haut, & dire vrai tout bas ;
Et s'il vous plaît le tout en conſcience,
400   Après cela tirés la conſéquence?
Pour peu qu'on ſoit pourvû d'entendement,
Sur mon ſujet on la tire aiſément.
Parbleu, dit-un, qui ſe tenoit derriere,
Cet homme ci ſe donne bien carriere,
405   On en auroit entendu déja deux,
Encore ſon cas eſt-il aſſez verreux,
Et pour mentir avec cette aſſurance,
Il faut qu'il ſoit du pays de ſapience ;
Il ſçavoit bien avec tous ſes ferments

Qu'il violoit un des Commandemens :   410
S'il a péché, ce n'eſt pas ignorance,
Partant ne doit ſe plaindre de ſa chance,
Mais quant à nous (car ô Roi tenebreux   Les Debau-
Je parle au nom d'un peuple fort nombreux)   ch s.
Quant à nous dis-je, exempts du moindre crime, 415
Injuſtement ici l'on nous opprime ;
Il eſt bien vrai qu'au gré de nos déſirs
Nous avons pris cent ſortes de plaiſirs,
Qu'on nous a vû par-tout, à droite & à gauche
A plein collier donner dans la débauche :   420
Mais ſans ſcrupule, ignorant toute la loi,
Et n'ayant pas le moindre grain de foi,
Or un Doĉteur, non d'un mérite mince,
Puiſqu'il étoit direĉteur d'un grand Prince,
Le Pere Annat a maintes fois prêché   425
Que nous n'avions pas l'ombre de péché :
Et c'eſt l'avis de toute ſon école.
A peine eut-il lâché cette parole,
Qu'on entendit s'élever mille cris
Pouſſez par gens de differens pays :   430
Babiloniens, Nomades, Maſſagetes
Sarmates, Huns, Aſmanes, Evergetes
Schites, Galons, Troglodites, Alains,
Qui ſe plaignoient tous dans leur baragouins,
Qu'on les traitoit d'une maniere indigne   435
Vû qu'ils étoient d'une innocence inſigne ;
Que les tenir dans un ſi triſte lieu,
C'étoit blâmer la ſageſſe de Dieu,
Qui les laiſſant croupir dans l'ignorance
De ce qu'il eſt, & de ſon exiſtance   440
Ne vouloit point qui leur fut imputé
D'avoir commis la moindre iniquité,
Que les exempte enfin de toute peine
Un Cardinal de l'Egliſe Romaine,

445   Cet intrepide & valeureux Chrétien
Qui ſçut ſabrer le double nœud gordien,
Que reſpecta Paul ce vaſe d'Flite,
Et les Docteurs qui marchent à ſa ſuite.
Diable ! il faudra nettoyer la maiſon ,
Dit Lucifer, ſi ces gens ont raiſon,
Car il en a pleû ici dru comme grêle.
Un Cardinal, ſi le Pape s'en mêle ,
Et tout d'un temps Moines & Moinichons,
Adieu l'enfer, fourches & fourchons ;
455   Nous n'avons plus qu'à fermer la boutique
Oh ! dit un autre, en offrant ſa ſupplique,
Pour votre enfer je m'en paſſerois bien.
Fut-il un ſort plus triſte que le mien ?
Quoi ! je craignois tant , & à toute heure
460   Qu'il ne devint quelque jour ma demeure.
Pour l'éviter j'avois toujours compté
Qu'il ſuffiſoit de l'avoir redouté ;
Et m'y voilà, c'eſt une tricherie :
Et n'en déplaiſe à votre ſeigneurie,
465   Il faut revoir de nouveau mon procès.
Dame à préſent, graces à Fagundés,
A Granados & peut-être à cent autres,
De ces nouveaux & commodes Apôtres
Nous Voyons clair ; liſés ſans paſſion
470   Ce qu'ils ont dit touchant l'attrition,
Et vous verrez qu'ayant craint la brûlure,
C'eſt à grand tort qu'on veut que je l'endure.
Un autre point m'a fait mettre en ce lieu ,
C'eſt m'a-t'on dit , faute d'amour pour Dieu.
475   Et bien d'accord, mais avois-je fait pacte
Que de mes jours je n'en ferois nul acte ?
Comptois-je pas que du moins à la mort,
D'en lâcher un je ferois quelque effort ?
Mais je n'ai pû ; d'où vient cette camarde,

Vient

Vient-elle auffi fans qu'on y prenne garde?   480
Cela dérange & bouleverfe tout;
Mais attendez, je ne fuis pas au bout:
J'ai dans mon fac encore une autre chofe
Qui peut fervir à défendre ma caufe:
Si dans un point j'ai quelque peu failli   485
N'aimant pas Dieu: dites l'ai-je haï?
Non pas, je crois, oh? cela doit fuffire
Pour être heureux pour garand de mon dire,
Je produirai maître Antoine Sirmond
En argumens fur cela fort fecond;   490
Même on m'a dit qu'un Evêque de France
N'a guères avoit fourré cette croyance
Dans un écrit fort joliment croqué,
Ce que je tiens d'un nouveau débarqué.
De tout ceci vóit affez notre Sire   495
Ce qu'il s'enfuit, n'eft befoin de lui dire.
Je vous entends: autant que l'on pourra,
Dit le Monarque on vous fatisfera.   Le Sor-
Mais qu'eft-ce encor que me veut ce vifage?   cier.
Qui d'un de nous a l'air & le corfage?   500
Seroit-ce point quelqu'un de nos forciers?
Oüi lui dit l'homme, & tout des fins premiers.
J'eus de mon art toute la connoiffance
Qu'on peut avoir, grace à vôtre excelence:
Je l'exerçai même en homme de bien: 505
Je n'en obmis, ni négligeai rien:
J'en ai reçû quelque petit falaire,
Et là-deffus on m'a fait une affaire.
Vit-on jamais de Conftitution,
Qui nous oblige à reftitution,   510
Non, non, la chofe eft fans réplique.
On peut en croire un Docteur authentique
Et décifif fur ces fortes de faits:
Tenez, voyez, c'eft le chafte Sanchés.

C

515   *Diftinguo*, dit ce fublime génie.
       Un ignorant dans l'art de la magie
       Eft obligé de rendre ; *concedo* :
       Mais un fçavant, un habile : *nego*
       Vous l'entendez ? l'affaire eft d'importance,
520   Dit Lucifer, il faudra qu'on y penfe :
       Nous la verrons au premier fanedrin.
       Ah ? grand merci, repondit le Devin :
       Puis tout-à-coup faifant la cabriole,
       prend fon élan, zefte, part & s'envole :
525   Aux affiftans voulant notre forcier
       Donner encore un tour de fon métier.
La Devote. Une Devote auprès de lui tapie,
       De fon départ parut toute ébaubie :
       Peu s'en fallut, qu'ainfi qu'au temps jadis ;
530   On ne la vit du Dieu du Paradis
       Invoquer l'aide, & faire à l'affemblée
       Pareil affront, tant elle étoit troublée.
       Ayant enfin rappellée fa raifon
       On l'entendit du ton d'une Oraifon
535   Se lamentant, faire ainfi fa complainte.
       Faudra-t'il donc dans ce noir labirinthe
       Sire, me voir confinée à jamais ?
       Eh ! quels font donc mes crimes, mes forfaits ?
       On m'a vû vivre en pieufe devote
540   A petit bruit & fans mauvaife notte,
       Toujours vêtue affez modeftement ;
       Envifageant dans mon ajuftement,
       Non à me rendre efclave de la mode,
       Mais à me mettre en un état commode,
545   De mes repas j'avois fixé le temps ;
       Fort peu de mets, au refte fucculens,
       couvroient ma table, où gens de fainte vie
       Affiduement me tenoient compagnie,

S'entretenant de propos gratieux, 550
Que faisoit naître un vin délicieux ;
Si du prochain nous faisions le censure,
C'étoit l'effet d'une charité pure :
Notre critique étoit sans passion,
Et toujours faite à bonne intention :
Sans oublier, finissant notre agape, 555
De benir Dieu quand on ôtoit la nappe :
Et pour remplir ce qui restoit du jour,
Quelques plaisirs m'occupoient tour à tour :
Tantôt le jeu, tantôt la comédie :
Que voulez-vous enfin que je vous die ? 560
Je ne songeois qu'à vivre doucement
En tout honneur & fort succintement :
Mais tout d'un temps j'étois assez sensée
Pour m'occuper de l'utile pensée
De mon salut ; le Ciel m'avoit fait don 565
Du bon défir d'être du saint Cordon :
Je recitois tous les jours le Rosaire,
Et j'endossois le sacré Scapulaire :
Quoi donc ici veut-on mettre au rebut
Ces instrumens, ces outils de salut ? 570
Que je m'y vois à tout moment traitée
En gourgandine, en impie, en Athée,
Sans nul égard, sans aucune pitié ?
J'en ai trop fait : oui, trop de moitié.
Si j'avois pû connoître dans ma vie 575
Le Paradis ouvert à Philagie,
Ce livre qui vaut son pesant d'or,
Comptés qu'ici l'on m'attendroit encor.
Eh quoi ! déja si devote à Marie,
Eussai-je pris une peine infinie 580
A m'acquitter d'un si petit devoir
Que lui donner le bon jour, le bon soir ?
Car voilà tout ce qu'il faut que l'on fasse,

C ij

Selon Barry, pour obtenir fa grace ;

585 N'ai-je pas fait mille & mille fois plus ?
Vous le redire il feroit fuperflus ;
Par conféquent faut que je reffucite ;
Car s'il vous plaît, étant morte trop vîte,
Cela caufa que je ne penfai pas,

590 A m'arranger fur certains petits cas.
Je viens de lire une même rencontre
Dans mon Auteur ; faut que je vous la montre.
» Ame devote à la Reine du Ciel
» Etant un jour morte en péché mortel,

595 (Voilà le point qu'il faut que l'on remarque)....
Allez ma bonne, allez dit le Monarque,
On aura foin de péfer vos raifons.
Cette begueulle avec fes oraifons.
M'alloit bientôt faire tourner la tête.

600 Il achevoit ; lorfqu'une grande tempête
Vint s'élever ; partout de nos confins
Les En- Furent pouffés mille cris enfantins,
fans. Qui s'accroiffant fans mefure & fans nombre
Nous menaçoient de quelque trifte encombre :
On n'entendoit dans le fombre palais

605 Qu'enfans crier, ohais, ohais, ohais ;
Il en parut une affreufe nüée,
Qui, comme un flot, inonda l'affemblée.
On les fentoit tous au travers des gens,

610 Qui fe gliffoient ainfi que des ferpens ;
Déja plufieurs avoient gagné le thrône ;
Et Lucifer qui de crainte friffonne
De fe trouver par leur nombre opprimé,
D'un ton de voix de colere enflammé,

615 Fronçant le front, remüant la narine,
Où va, dit-il, toute cette vermine ?
Et faififfant fon infernal fponton
En fait fauter maint & maint peloton ;

Les eussiez-vous comme flocons de neige
Voler, tomber aussi dru qu'en Noverge ;   620
Tant qu'à la fin chacun demeura coy.
Lors s'asseyant le redoutable Roi
Tout halletant encor de la bataille :
Eh ! bien dit-il, que veut cette marmaille ?
Prince enfumé, lui dit un certain preux,   625
Je suis chargé de vous parler pour eux ;
De tout un corps d'innocentes victimes
Qu'on relegue dans ces tristes abymes,
En violant la justice de loix.
J'entreprendrai de deffendre ses droits.
Jusqu'apréfent une erreur sur-année
A par malheur reglé leur destinée ;
Mais depuis peu tous les yeux font ouverts :
Pour les enfans ne font faits les Enfers ;   635
Bien loin de-là, leur destinée est telle,
Qu'il leur faut plus que la vie éternelle
Et c'est l'avis, non d'un Docteur banal,
Mais d'un Sçavant, d'un fameux Cardinal,
De l'inventif & non pareil Sfrondate,
Qui des Romains honora l'écarlate ;   640
Qui sur ce point merita l'agrément
De l'inflexible & cauteleux Clement ;
Je cite ici des gens assez célébres.
Oh ? pour le coup, dit l'esprit des tenebres,
Adieu donc tout ; car il est net & clair   645
Que déformais faudra fermer l'Enfer,
Chacun prouvant qu'on eut tort de l'y mettre ;
Mais toute fois, pour ne quitter le sceptre,
En donnant trop dans des vaines terreurs :
Examinons si chacun des Auteurs   650
Qu'on m'a cité, dit ce qu'on lui fait dire.
De s'en convaincre, il est fort aisé Sire,
Dit Uriel, car ils font tous ici ;

De ces gens-là l'Enfer eſt tout farci :
655 Je le ſçai bien, moi qui tient vos regiſtres,
Combien ici fourmillent ces belitres.
Tenez, voyez par A.
Annat, Adam, Achokier, Aldreſta.
B. Barcola, Briſacier, Babadille,
660 Buſembahum, Bauny : j'en paſſe mille.
C. Cabreſſa, Clavaſſis, Craſſalis,
D. Dallacrux, Diana, Degraſſis. . . .
Eh par ma fourche, en faut-il davantage
Pour mettre fin à tout ce brigandage
665 Dit Lucifer. Si ces Auteurs n'ont pu
Se diſpenſer d'être pris à la glu,
Et d'habiter la demeure infernale
Avec leur belle & commode morale ;
Faut que les ſots qui les ont écoutés,
670 Tout d'une ſuite ainſi qu'eux ſoient traités,
Que chacun d'eux au plutôt ſe retire
Et n'oſe plus ſouffler en mon Empire ;
Vîte Demons, reprenez vos travaux.
Et redoublez le feu de mes fourneaux.
675 Ce fut alors que dans la noire plage
On ne vit plus que fureur & que rage ;
Tous les damnés à la fin détrompés,
Sur leurs Docteurs, comme chiens échappés,
A corps perdu, exerçoient leur furie
680 Leurs reprochant leur charlatannerie.
Aucuns diſoient ; quel comble de malheurs
Pour les vivans, ſi de tels ſuborneurs
Oſent encore pour augmenter leurs crimes
Leur débiter leurs ſiniſtres maximes ?
685 S'ils ſont connus : pourquoi les potentats
Les ſouffrent-ils infecter leurs états ?
Et ſe peut-il que cette race impie
En peu de temps n'en trouble l'harmonie ;

N'y cause enfin quelque renversement
Ouvrant la porte à tout déreglement ?   690
Mais en causant, diantre l'heure se passe,
Dit mon Cornu; puis voilà que trépasse
Mon Financier; je part, adieu bon soir.
Quand tu voudras, tu peux me venir voir,
Dis-je à l'esprit, tu me paroît bon diable.   695
Oui da, dit-il, la chose est fort faisable.
Adieu, l'ami, bon soir & bonne nuit :
Et ce disant par mon âtre il s'enfuit.

FIN.

www.ingramcontent.com/pod-product-compliance
Lightning Source LLC
Chambersburg PA
CBHW061513170626
46811CB00004B/1719